El cumpleaños de Moira

Cuento por Robert Munsch
Ilustraciones por Michael Martchenko

EDITORIAL: ANNICK PRESS LTD.

Toronto • New York • Vancouver

tercera edición, septiembre 1998

La Editorial Annick reconoce con gratitud el apoyo del
Consejo de Canadá y del Consejo de las Artes de Ontario.

Cataloguing in Publication Data
  Munsch, Robert N., 1945–
    [Moira's birthday. Spanish]
    El cumpleaños de Moira

Translation of: Moira's birthday.
Text in Spanish.
ISBN 1-55037-269-6

1. Michael Martchenko I. Title. II. Title: Moira's birthday. Spanish

PS8576.U575M5618 1992   jC813'.54   C92-094555-4
PZ73.M86Cu 1992

Distribuido en el Canadá por:
Firefly Books Ltd.
3680 Victoria Park Avenue
Willowdale, ON
M2H 3K1

Publicado en los E.E.U.U. por Annick Press (U.S.) Ltd.
Distribuido en los E.E.U.U. por:
Firefly Books (U.S.) Inc.
P.O. Box 1338
Ellicott Station
Buffalo, NY 14205

Impreso en papel libre de ácido.

Printed and bound in Canada by
Friesens, Altona, Manitoba.

—a Moira Green

Un día Moira se fue a ver a su mamá y le dijo:
—Para mi cumpleaños quiero invitar a primer
grado, segundo grado, tercer grado, cuarto grado,
quinto grado, sexto grado y tooodo kinder.
Su mamá le dijo:
—¡Estás loca! ¡Esos son demasiados niños!

Entonces Moira fue con su papá y le dijo:
—Para mi cumpleaños quiero invitar a primer
grado, segundo grado, tercer grado, cuarto grado,
quinto grado, sexto grado y tooodo kinder.
Su papá le dijo:
—¡Estás loca! ¡Esos son demasiados niños! Para tu
cumpleaños puedes invitar a seis niños, solamente
seis: 1 - 2 - 3 - 4 - 5 - 6 . . . y nooooo kinder.

Entonces Moira se fue a la escuela e invitó a seis
niños solamente. Pero una amiguita que no había
sido invitada se le acercó y le pidió:
—Oyeme Moira, por favor . . . Oh por favor invitame
a tu fiesta de cumpleaños.
Moira dijo:
—Dejame ver . . . mmmmmmm . . . O.K.

Para el final del día, Moira había invitado a primer
grado, segundo grado, tercer grado, cuarto grado,
quinto grado, sexto grado y todo kinder. Pero no
dijo nada de esto a su papá ni a su mamá. Ella
estaba temerosa de que ellos se podrían enojar.

En el día de la fiesta alguien tocó en la puerta: ton, ton, ton, ton. Moira abrió la puerta y vió a seis niños. Su papá dijo:

—¡Ya está!. . . seis niños. ¡Qué empiece la fiesta! Moira dijo:

—Bueno. . . pero ¿por qué no esperamos un minuto más?

Entonces esperaron un minuto más y oyeron tocar a la puerta algo que sonó así:

POM POM POM POM

El papá y la mamá abrieron la puerta y vieron a primer grado, segundo grado, tercer grado, cuarto grado, quinto grado, sexto grado, y todo kinder. Los niños entraron corriendo, tumbando a la mamá y al papá.

Cuando la mamá y el papá se levantaron del suelo, lo único que pudieron ver era niños en el sótano, niños en la sala, niños en la cocina, niños en los dormitorios, en el baño y hasta sobre el techo de la casa.

Sus padres dijeron:
—Moira, ¿cómo vamos a darles de comer a todos estos niños?
Moira contestó:
—No se preocupen. Yo sé que hacer.

Ella tomó el teléfono y llamó a una pizzería. Dijo:

—Por favor, mande a mi casa doscientas pizzas.

La señora del restaurante gritó:

—¡DOSCIENTAS PIZZAS! ¡ESTAS LOCA! ¡DOSCIENTAS PIZZAS SON DEMASIADAS PIZZAS!

—Pues eso es lo que yo quiero —dijo Moira.

—Te enviaremos diez —dijo la señora—, solamente diez. Diez es todo lo que que podemos enviarte por ahorita, y colgó.

Luego Moira telefoneó a una pastelería. Dijo:

—Por favor, mande a mi casa doscientos pasteles de cumpleaños. El pastelero gritó:

—¡DOSCIENTOS PASTELES DE CUMPLEAÑOS! ¡ESTAS LOCA! ¡DOSCIENTOS PASTELES DE CUMPLEAÑOS SON DEMASIADOS!

—Pues eso es lo que yo quiero —dijo Moira.

—Te enviaremos diez —dijo el pastelero—, solamente diez. Diez es todo lo que podemos enviarte por ahorita, y colgó.

Entonces un gran camión llegó y echó exactamente diez pizzas en el patio de enfrente de la casa de Moira. Otro camión llegó y echó exactamente diez pasteles de cumpleaños en el patio de enfrente de la casa de Moira. Los niños vieron el montón de pizzas y pasteles y gritaron:

—¡COMIDA!

Abrieron sus bocas lo más que pudieron y comieron todas las pizzas y pasteles en sólo cinco segundos. Entonces gritaron:

—¡QUEREMOS MAS COMIDA!

—Oh-oh, —dijo la mamá—. Necesitamos más comida o no va a haber fiesta. ¿Quién nos va a conseguir más comida, y rápido?

Los doscientos niños gritaron:

—NOSOTROS, y salieron de la casa corriendo.

Moira esperó por una hora, dos horas y tres horas.

—Ellos no van a regresar —dijo la mamá.

—Ellos no van a regresar —dijo el papá.

—Esperen y verán —dijo Moira.

Entonces oyeron tocar a la puerta algo que sonó así:

POM POM POM POM

La mamá y el papá de Moira abrieron la puerta y los doscientos niños entraron corriendo llevando toda clase de comidas. Habían cabras fritas, avena cocida, tostadas quemadas y alcachofas; había queso viejo, pulgas horneadas, murciélagos hervidos y frijoles pintos; había rompopo, carne de cerdo, sopas salpicantes y perros calientes; y habían frascos de fresas, dinosaurios, barras de chocolate y estofado.

Los doscientos niños se comieron toda la comida en sólo 10 minutos. Cuando terminaron de comer, todo el mundo le dió un regalo a Moira.

Moira miró a su alrededor y vió regalos en los cuartos, regalos en el baño y regalos en el techo.

—Oh-oh, —dijo Moira—. Toda la casa está llena de regalos. Ni siquiera yo puedo usar tantos regalos.

—¿Y ahora qué? —preguntó el papá—. ¿Quién va a limpiar todo este desastre de casa?

—Tengo una idea, —dijo Moira, y gritó:

—Todo aquel que me ayude a limpiar la casa puede llevarse un regalo.

Los doscientos niños limpiaron la casa en sólo 5 minutos. Luego cada niño cogió un regalo y se fue a su casa.

—¡Por fin! —dijo la mamá— ¡Me alegro de que esto haya terminado!

—¡Por fin! —dijo el papá—. ¡Me alegro de que esto haya terminado!

—¡Oh-oh! —dijo Moira—. Me parece que oí un camión.

Un gran camión de carga llegó e inundó el patio de enfrente de la casa de Moira con ciento noventa pizzas. El chofer dijo:

—Aquí están el resto de las pizzas que ordenaron. Y enseguida llegó otro camión de carga e inundó aún más el patio de enfrente de la casa de Moira con ciento noventa pasteles de cumpleaños. El chofer dijo:

—Aquí están el resto de los pasteles que ordenaron.

—¿Y ahora qué? ¿Cómo vamos a deshacernos de toda esta comida? —preguntó el papá.

—Eso es fácil —dijo Moira—. Lo único que podemos hacer es hacer otra fiesta de cumpleaños mañana. Invitamos a primer grado, segundo grado, tercer grado, cuarto grado, quinto grado, sexto grado y tooodo kinder.

El fin

Otros títulos por Robert Munsch publicado en español:

Los cochinos
La princesa vestida con una bolsa de papel
El muchacho en la geveta
El Papá de David
Agú, Agú, Agú
El avión de Angela
La estación de los bomberos
Verde, Violeta y Amarillo

Otros libros en inglés de la serie Munsch for Kids:

The Dark
Mud Puddle
The Paper Bag Princess
The Boy in the Drawer
Jonathan Cleaned up, then he Heard a Sound
Murmel Murmel Murmel
Millicent and the Wind
Mortimer
The Fire Station
Angela's Airplane
David's Father
Thomas' Snowsuit
50 Below Zero
I Have to Go!
Moira's Birthday
A Promise is a Promise
Giant, or Waiting for the Thursday Boat
Pigs
Something Good
Show and Tell
Purple, Green and Yellow
Wait and See
Where is Gah-Ning?